半卷帘翠

眉儿 著

贵州出版集团
贵州人民出版社

图书在版编目（CIP）数据

半卷帘翠 / 眉儿著. — 贵阳：贵州人民出版社，
2018.8
ISBN 978-7-221-14728-8

Ⅰ.①半… Ⅱ.①眉… Ⅲ.①诗集－中国－当代
Ⅳ.①I227

中国版本图书馆CIP数据核字(2018)第184775号

半卷帘翠

眉儿 著

出 版 人	苏　桦
选题策划	李寂荡
责任编辑	潘　乐　郑　瞳
封面设计	崔姗姗
插　　图	黄清霞
出版发行	贵州人民出版社有限公司
地　　址	贵阳市观山湖区会展东路SOHO办公区A座
邮　　编	550081
印　　刷	贵阳德堡印务有限公司
开　　本	889mm×1194mm　1/32
印　　张	5.5
版　　次	2018年8月第1版
印　　次	2018年8月第1次印刷
字　　数	48.5千字
书　　号	ISBN 978-7-221-14728-8
定　　价	48.00元

目录 contents

半卷帘翠
BAN JUAN LIAN CUI

第二辑　练习想你

第三辑　一网打尽

半卷帘翠
BAN JUAN LIAN CUI

第四辑　穿行

第五辑 人间最美是孤独

疏朗中的丰茂

——序 眉儿诗集《半卷帘翠》

李寂荡

假如我们将一首诗看成是一棵树，那么在诗歌的内部，每一次分行、每一处断句，都是诗歌内核的侧枝、辅养枝沿着主题（骨干枝）生长，直至诗歌的末尾，骨干枝与辅养枝形塑的树冠得以呈现。

悉心育就诗之"树冠"，或丰茂，或疏朗，一切恰到好处，将是我们希望看到的结果。

眉儿的诗集，让我首先观察到的是她情感状态的表达，某一首诗、某一"树冠"如何成型；她生成诗歌的情感机制或说反应，几乎是同一性的本真写作，多为喷薄而出，稍有修饰。在诗意向度内，"技艺"与"情感"，孰轻孰重，我们并不能单方面去力捧某一端，从而看轻另一端。对一首诗而言，情感与技艺应当是相辅相成的，以致生成一种微妙的平衡。

眉儿的诗，多是受特定的"情感冲突"所困扰，随之抒情过程中，形成言语欲求。

钟楼和鼓楼相望了千年

相伴了千年

相思了千年

也终无相拥而眠的一天

继续相望
继续相伴
继续相思
继续失眠

——《千年之约》

让我踏着你的影子走进你
让我细细端详破碎的你
透过你迷雾般的眼睛
轻触你唇迹的柔软
亲吻你胸襟的温暖

——《走近你》

你若是那连绵的青山
我愿是那片片白云
将你拥抱
将你缠绕
将你偎依

——《我愿》

其抒情，犹如火山的爆发，炫目而炽烈。那是一种狂热的不顾一切的"投掷"。虽不够蕴藉，但颇具冲击力。

韦勒克在《文学理论》里指出，"诗歌不是一个旨在以单一的符号系统表述的抽象体系，而是把字词组成一个独一无二、不可重复的模式，它的每个词既是一个符号，又表示一件事物，这些词的使用方式在诗之外的其他体系中是没有过的。"这也即是诗歌的丰富性以及多能化。如果视诗意的"丰茂"为一定的理想，从眉儿部分诗歌的成型角度看，叙事的触角和媒介，密度完满，无有疏漏，虽然稍显圆满，中规中矩，但就诗歌的特殊性以及语义的丰富性说，眉儿是能够感受自如的。

在表述方式上，她显然有着自己独特的感受力和营造力，诸如意象的选用和情感的托付，她明了制造氛围的重要性，所以在情感聚流时能够成功剥离抽象角色，选定足以令内心安然的节奏，如《拥抱沙洲》一诗：

我拥抱沙洲包括它的冷
流连古城的坚强和玉门关的旷达
深陷沙洲　在大漠
驻足，背靠被时光剥蚀的土墙
墙体发出深入骨髓的疼痛

显然，这是较为成功的叙事，其节奏的跃荡、意象的丰茂，自是不难体会。象征形象的变换使用，以及结构演变间的对流，使得静态与动态形成互补。"拥抱沙洲包括它的冷"，"被时光剥蚀的土墙/墙体发出深入骨髓的疼痛"——这些文字给予读者丰沛的感受，剖去色彩，还有光线对静物的影响，主体对温度和疼痛的捕捉，藉由此，诗歌内部互相牵扯的部分正是感受阈的暗房内，想象力的自由传达与感官刺激后言语符号的形变产物。

眉儿的诗集《半卷帘翠》一共分为五辑，它们分别是"一棵树眼里的世界""练习想你""一网打尽""穿行"及"人间最美是孤独"。题材广泛却又无不指向自我与抒情对象之间的关系，无论是有意回避，还是执意贴近，抛开成熟度不谈，我们还是能够较为容易地辨别何处迂回婉转，何处轻沙缓沉，整部诗集氛围，本真地遵循作者自身的意愿和诉求。

法国哲学家马礼荣在《情爱现象学》中关于"时间"和"期待"的阐述或许可以用于眉儿的诗歌，"当我期待时，我居住在能够从别处突然来到我处的那种东西之中，而没有这种东西，任何当下，任何过去，对我来说都不重要。"

英国唯美主义运动代表人物沃尔特·佩特认为，艺术的目的在于培养人的美感和寻求美的享受。在谈及"经验"时，佩特认为经验给予我们的"不是恒久不变的外在线条的真相，而是充满细微层级的世界，以及彼此间巧妙相连的状况，随着我们自身的改变而作出错综复杂的更动。"也即是说，叙事技艺应上升到一定的艺术高度，经验的成果不是我们的目的，经验本身才是，在感受经验的历程中，如何艺术地表达和攫取诗意，值得诗人细细寻味。

读眉儿的诗歌，无疑是一次纯净的心灵之旅，在展现"爱"与"心声"时，每一辑的心灵轨迹，均富有独特的凝聚力。

从另一个向度说，写下意味着一切。"情者文之经"——眉儿余下只需要稍微留一些距离感给自己即可。

尽管情感的丰茂尤为重要，但作为一种文本需求，诗歌的表现手法应该是多变的，意象的丰茂与疏朗亦同等重要。如果能够在情感表达之余，更加注重经验的择取和感受的沉淀，眉儿的诗歌将会更加饱满，也将会带给我们更多惊喜。

李寂荡，当代著名诗人，《山花》文学杂志社社长、主编。

第一辑　一棵树眼里的世界

一棵树眼里的世界

一棵树眼里的世界
一棵树的泪眼里的世界

一双明亮的泪眼
心怀梦想的泪眼
游走在城市的街头巷尾
枯叶在春天里飞舞着
马路两旁的树
要遥望多少个春秋
才能相拥缠绵

春风送暖　夏雨润颜
用生命力来拉近这世界上最远的距离
去年，努力借暮春的风擦肩
今年，在初夏的第一次握手
让树梢感动得泪眼低垂

你可知那根系早已交汇
大树因为嗅到了彼此的呼吸
而将
用根系崩裂大地的野心销毁

一路向西

莫高窟的菩萨用千年的色彩
守望着月牙泉
一望无际沙漠的明眸
诠释鸣沙山的清澈
与纯洁
和神圣
沙漠用风摇摆风
宁静的清泉和思恋
万变的鸣沙山
不变的月牙泉
让不变和万变
都有理由

窟守着你的明眸
山歌着你的明眸
我的影子亲吻着你的影子
我的爱人
你可知道我爱上了月牙泉
她是我的流沙之心

一路向西
带着菩萨的微笑
带着鸣沙山的情歌
带着月牙泉的爱吻
带着流沙的恒远

拥抱沙洲

带着一片绿意
路过寂寞的沙洲
用沧桑和刚毅牵过汉长城孤独的手
在玉门关
与秋风共渡

我拥抱沙洲包括它的冷
留连古城的坚强和玉门关的旷达
深陷沙洲在大漠
驻足，背靠被时光剥蚀的土墙
墙体发出深入骨髓的疼痛

风轻轻地送了我一程
留下的太阳帽上有千古诗词的体温
留下防沙巾
相伴孤寂
寻找风沙掩埋那座城市
的灵魂

挽着夕阳西出阳关

骆驼成为一个世纪的倒影

驼背上迎亲的队伍

都穿着古人类的赤胆

摇晃着故城的虔诚

海市蜃楼就在远方

唯有我们已经晒黑的手和文明

可以旗帜般举起

沙洲为我们宣誓

蛮荒已经颓然地告离

人类始祖的那艘采金船

有没有走赢时光

阿依古丽

带着哈密王的问候
穿过雅尔丹绵亘的魔鬼城
迎着太阳
背着山石
拒绝五光十色
用饱蘸激情的伊力特
饮尽黛褐色戈壁的妩媚和永恒

达坂城里有我喜欢的姑娘
就像葡萄沟里的葡萄一样甜蜜
就像火焰山的怀抱一般热情
吻一吻阿依古丽的秀眉和媚眼
爱情从此无法拒绝

在天山，用皑皑的白雪
用金黄的秋叶
来勾勒
用上天池的圣水
用上冷却的火焰
去爱你
阿依古丽

还给日记

老师去了德令哈
用海子的眼睛了解旧日
美丽的戈壁
老师也会穿过被姐姐笼罩的夜色
执笔留下灿烂的星际
用星光替海子风干那颗
悲痛时握不住的泪滴

如今的德令哈不再荒凉
更多的诗人饮尽满城的风雨
去踏寻海子的草原和抒情

在那块石头上书写
关于海子的诗再还给石头
把胜利告诉姐姐再还给胜利
饱满的青稞把自己交给了老师
交给了诗人
交给了所有浪漫的人的姐姐

让每位路过德令哈的诗人
开始关心每个喜欢海子的
戈壁、草原和雨滴

千年之约

长安城的小雨
细腻地亲吻着心事重重的陌生人
滋润着多少安眠于此帝王的灵魂

八百里秦川将爱与不爱分离
抚摸川脊的伤痕与泪痕
古城墙敞开豁达温暖的胸怀
借深情的秋风
喊了一嗓子渭水渗透的辉煌与沧桑

钟楼和鼓楼相望了千年
相伴了千年
相思了千年
也终无相拥而眠的一天
继续相望
继续相伴
继续相思
继续失眠

在雨中，记住灿烂的阳光
在古丝绸之路的起点
踏尽帝王的夯土
蒙住大雁塔的双眼
去温习爱
唤醒沉睡
然后吻别而去

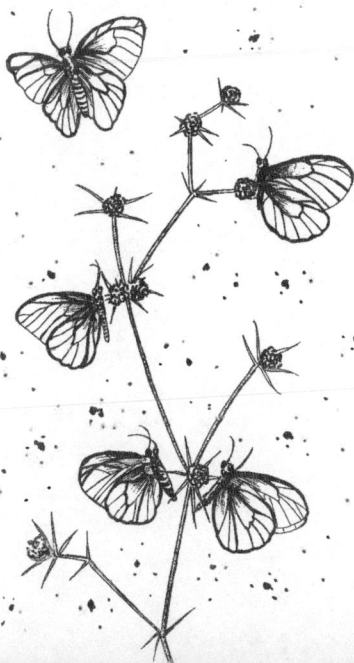

过界的青春

脚踏八米宽的最窄疆土
凄楚着红尘的孤寂
眼前的图门江湮没了千纠万缠的情思
长白山的叶飘离了历史痛断的肝肠
在你骨髓里根植的爱恋
停不住窗外的雨
走进独树着的最高的楼
看窗外的雨滴陪着玻璃幕墙哭泣
搁浅的青春让个个心事沉沦
在春水的岸边嘲笑我
对故事里一言一行的认真

寻

盛夏，蓝着肆无忌惮的天
张狂这喜大普奔的气息
五颜六色的心思各自揣着
快活、南北、东西、那里、这里
光着脚丫子乱跑的青春
将谱好的节奏走调

模糊着不被左右的时间
用一层薄纱将此时与彼时永隔
牵着自己若无似有的影子
在晨雾迷蒙的花园潜行
驱赶埋伏了一整夜的寂静
避开刻意摇曳的光斑
不去惊醒大地

我轻轻晃了晃那株比我高的桂树
帮它抖掉昨晚的月影
唤醒那株仍在睡梦中的月季
悄悄告诉她夏天到了
转身追问背后高耸的棕榈

一直帮凤凰木打着伞是为了什么
去年的风又来花园里转悠
寻那封早年丢失的情书

这时，我突然想起你

走在白厅大街的十字路口
秋风让午后的阳光格外温柔
熙熙攘攘的人流
在对面的特拉法尔加广场漂浮
我仿佛是透明的
一切都跟我没有联系
一切动静都被消音
这时
我突然想起你

环岛的木栈道和栏杆
像几何立体图形
人为的被镶嵌在耀动的光波边
礁石上的支点被不断拍击
游荡在湿咸的空气中
眺望海与空的吻迹
这时
我突然想起你

黟山里好几种鸟的叫声混杂着提醒我
有光束在身后的松林间斑驳
每踏一步
都留下厚厚的叶床埋怨的絮叨
我是忍心还是不忍心
山拥抱着我
林环绕着我
光束辉映着我
这时
我突然想起你

有穿透力的歌声在霓虹的夜响起
街头艺人的琴弦根本拨不尽思绪
立交桥下一路的车尾灯红起
塞不住心头鬼火一般的诗句
这时
我突然想起你

堆砌三千六百五十个字符
笔迹变成墨迹

添霜的发和浆洗的心一样白净
你的双臂之间是否还有秋千可以荡起
这时
我突然想起你

何香凝美术馆里
每个人都觉得人单影只
眼和心都在画里梦游
这种赏法
一世也看不清
不够你健朗的线条呈现在画卷里
不够你温柔的面孔浅笑在色彩中
这时
我突然想起你

早 春

夜幕拉远了
慢慢跑到山顶上去
你戴着眼镜
戴着还不适应的有色眼镜
演绎一条敏锐的蛇
不是，你要将青山缠绕了
蜈蚣被你惊醒
数了数数目繁多的脚
让多数失眠的中年人
全在夜幕渐远还近时
从无梦的榻上来到山间
顺便问问昨夜经风的花蕾
冷不冷
并带上爱抚和依恋

似水千钧

你似水般
放下心头的一粒粒石子
送走冬日的轻霜薄雪
滋润途经的每一棵树
总有一天
你会撞上急拐的河床
水花四溅着你的激情
继续往下游淌去
我在一弯静静的清泉边等你

抓一把风

我将手伸向天空
顺势抓了一把风
拽在手心
藏在夹克里
而后脚踏实地去空虚

不是因为没有羽翼而不能飞翔
而是怯于将心脏往蓝天的方向
升高一横指
千山万水的期待
一指惘矣

热血彼此交融了数十载
穿越不了两间心房
相隔的何止爱情
多大纬度的时空骗局
都彰显着无能为力

翅　膀

如果我的诗歌有一对雪白的翅膀
展翅飞翔到那繁星驻足的远方
饱含我爱你的光芒
飞向苍茫
飞到你梦境的最迷朦处
无法去与你分离

如果我的诗歌有一对雪白的翅膀
展翅飞向苍茫
花开花落我不停写诗
诗歌里渗透着我爱你的篇章
任我的诗歌展翅飞翔
飞到你心海的最深远处
无法去让你遗忘

飞跃在晨光中

飞跃在晨光中
你向我摇篮般摇曳的心房
播散下你希望的种子
你的希望，在无垠的崎岖里
深入骨髓，幻作星辰
插上理想的翅膀似乎是因为担心
被摇篮摇睡着

穿越我明亮的心房
传达蓝色的目光
我的心房为之荡漾
似母亲手中的摇篮

我步履轻盈
为星星的歌唱
在我的温润之中
有安详的摇篮轻畅

飞跃在晨光中
在荡漾我摇篮般心房的手里

撒下了希望的种子

清晨的渔夫网起日出时第一缕阳光
如眷着我的你的躯壳，灿烂着
我的容光起航
在海面上播撒下金灿灿的鱼苗

四月的第一个清晨

起初的大海有着湛蓝的曲线
浪漫如浪子的吉他和口琴
在四月的第一个清晨
沐浴在金色的曦光里

浪子背起行囊离开驿站
所有都应生于迷途
在四月的第一个清晨
在靠近起点的十字路口眉目希翼

面朝咖啡屋留言板的女人
想起在十字路口分手的那个眼神
在四月的第一个清晨
想起吉他和口琴为谁而声……锈迹斑斑

她的灵魂是否也生于迷途
春天的臂弯是否拥抱着她
音符一定都是精灵
却都在海天之际亲吻花瓣

或许这臂弯替她敞开了心门
替她抛出了一卷崭新的宣纸
在四月的第一个清晨
我由此刻开始描绘你彩色的青春

来 去

你
似一棵挺拔的青松
渴望着
我能遇见如今的你
春雨尚未造访
冬风尚未送行
酷寒的那季开始舍我而泣
你终伫立坦荡且不虚迷
如今恰似最苍劲的岁月
心绯已然敞开在不隐不厌的皱纹里
有谁懂得你青松的胸怀
深情的我啊
不该用迟疑去抽身
不该用紧密去相拥

季 节

从书堆里钻出来
发现太阳去了云海深处恋爱
于是，我问了问由白变红的茉莉
现在是否还是春天
问问溪流里的卵石
现在是否仍是早上八点
问问蓝着的天，白着的水
现在是否正是
只有你我才知道的
被夏季遗忘的那个春晓

一起孤独

在喧闹的街头
在欢声满溢的聚会
灵魂空洞浮于深刻
这一刹那我凝固自己的时空
热闹时轻易孤独
逃避地欣赏着坦白的歌
我们的聚会最多算是
若干人一起孤独

被四季遗忘在了春天里

月儿
轻视过太阳
轻视过山巅
却从来无法轻视
云离去的背影

即使被云紧紧地拥抱着
月儿
依旧感觉到千年的孤寂
她宁愿
将整个身躯碎在云的手心
也不愿碎的
只是她那颗晶莹剔透的心

从波涛肆虐的那片海开始
在与不在呼吸里的每一秒
月儿都会被
尘封已久的海里的月影担心
就连梦里的花都摇曳着云

离去的背影

冬天来了
可那羞涩在云间的月儿
却被四季遗忘在了春天里

喧哗后的嘶哑

谁在落叶上写诗
谁在花瓣上填词
比诗歌的诗意更浓郁的娥眉
羞涩地张望着桨声前面的脊梁
寒蝉用泣鸣波澜湖心
漫山的荼蘼被思念凋零
披一蓑的烟雨
将喧哗后的嘶哑刻画在那叶孤独的木舟上
雨水将落叶与花瓣上的诗词
冲刷到浅粉色的信笺上
我忐忑地携着信笺
背着西风与绿荷相见

饥饿的心

听说你在疆土之西
你来不了
我也过不去
那里应该是一片净土
只有你
和你在湖边的倒影
我看到的太阳
可与你看到的一样刺目
见不到你
我遗失了老去的能力
思念喂饱了饥饿的心
月亮说
你在为起航护翼
让我将恋你的空气望穿
活成一缕阳光
活成一道闪电
活成一点泪滴

奔向你

将经过的冬风和秦雪融化成泪
全部装入这个快黎明的黑夜
带上一切奔腾不息的爱你
骑上骏马
向煽情的晨曦亲吻的草原飞驰而去

如　故

清雾温柔地舞动、呼吸、浸润
描绘着湖面诗画的墨迹
烈日当空了诗画便杳无了音讯

是朝阳惊醒了清雾的美梦
烈日的转身将理想断送
湖水沉默着深虑的冲动
湖边的小草呐喊着昨夜的迷醉
用此时的意气风发
到彼时去千山万水

太阳毫无悬念的从东方升起
休论泪巾或欢颜
清晨踏出的第一步依旧如故

第二辑 练习想你

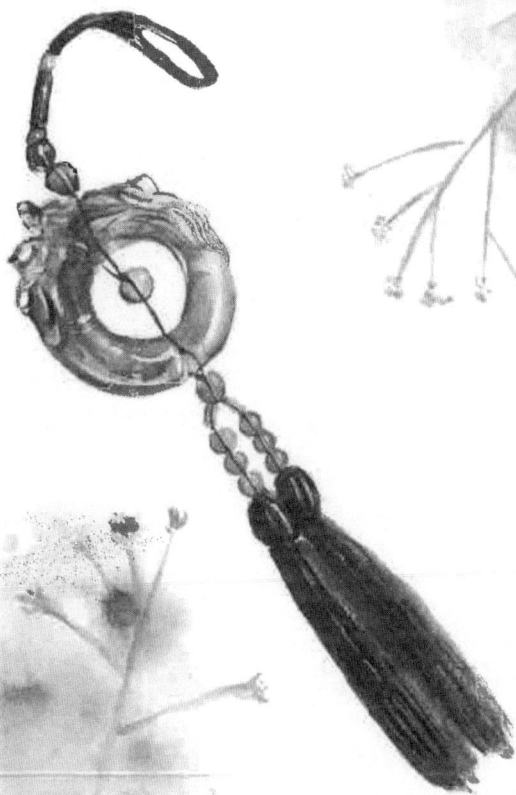

练习想你

用一封信走进你
让思念勾勒我的心影
孤单地练习想你、更想你
用最远的距离体会你的灵魂
将自认为无法可解的牵手
拱手相让于苍桑的年轮
坚持去孤独中坚持
接受渐渐失去你的旅途
海那么深的吻也隔着千山万水的心程
就这么看着你想你
抱着你想你

我　的

你用手比划着托起了太阳
说太阳是我的
你捞起了落入水中的月亮
说月亮是我的
你躺在离天幕最近的地方
替我数星星
说数过的星星是我的
你冒昧地亲吻了我
说你是我的

温存的时光

当晨曦似七彩的轻纱

挥洒袭来　恰如

暖暖的拥抱

呼吸里

曾几何时　那般不平静的心海

都渐渐地站立起来

在这如此一晨

温存的时光中

期盼我能将你

溶化

深爱

心　浪

吻你　一定不是只缘于
你曾是我心海里的一朵浪花
不是只缘于你深情的告白
如八月南方的桂花香

去吻你
缘于你说将我长爱长惜
牵我的手去日新月异
吻你　在春华弥留之际

用思念去思念

用尽所有的思念
去思念一个失忆的阳春
岂能　我深爱着
失忆不失聪的春

是何物自我们指间
不经意溜走
把我想起　想不起

我的白发遗失在了黑夜
成熟轻盈的腰枝
毅然惊醒在你的梦里
手心　我是你前世的姻缘
手背　你是我今生的桑田
嗯　我深爱着彼时
自我们指间溜走的
不是软语轻歌吧
是　定是深夜深处
你的慌张　你的心醉

奔走相告

我清楚
美丽会因爱而驻足
会因善良而亘古不变
总有一个期待
一抹希望
一夜想见的人
一颗想触碰的心
一缕想交织的灵魂
支撑着我
不敢将美丽藏匿
因此　我将
我的心动和心痛
都写进诗里
想你能读　猜你能懂
我还要
大声地读给每一位
认识你的人听
计所有人奔走相告
我爱你

青山的青春

听，轻声吟唱的溪流
淌在千年孤寂的青山的臂弯里
老树的华冠为溪流挡风遮雨
有多么清寂
就有多么洒脱、奔放、撒野、艳丽
不羡芳庭、墨墙
不眷华街、园林
躺在青山最深处的溪流边的
便是深山的青春
闭眼时想见你
睁眼时想恋你

不 还

我不想将你的吻奉还
吻痕裂了
你想念了我的唇
我的兰心便沉甸甸起来

走进你

我仰望过天空
轻踏过大地
却从未走进过你

我描绘过高山
书写过大地
却从未勾勒过你的眼睛

我深嗅过繁花
依偎过浪涛
却从未触摸过你的唇迹

我拥抱过大海
沐浴过雨滴
却从未亲吻过你的胸襟

让我踏着你的影子走进你
让我细细端详破碎的你
透过你迷雾般的眼睛
轻触你唇迹的柔软
亲吻你胸襟的温暖

无形的怀抱

向着青春生长的青草
倾听着鸟儿在远方歌唱
五线谱走着调鼓掌
午后的热浪跑到长空中寂寥
如波的风从我皮肤上漫过
触碰脸颊时无比轻柔
将我的身躯
全部拥入他无形的怀抱
鸟儿诉说着那弯饱含秘密的小桥
和桥上无人知晓的时光
桥下的水
满载着
满载着旧日的
白恍惨淡的诗行
在桥的这一头
和那一头相望
相望静默无言的青涩笑容
转身的路渐渐模糊
用烛光燃尽
携手后的恐慌

香透秘密

昨日你不愿匆匆地
离开某个人的心尖
借水面上月亮的镜子
三生三世地照料着桃树下的
相顾无言
可曾爱过或曾记得
溪水莫长忧
莫从指间流走

冲刷记忆时　唯恐笑声
消失在空气、草木和渊底
溪流自顾涓涓也不愿听你们交谈
夏雨在你耳边低吟的不会是
飘过你心房的我的影子
时光路过新月和旧诗
朝阳和残垣
路过你们沉默的凝固
含着爱慕默颂完清晨的赞歌
心中吟唱情调上的谱子

哭一滴为你而徘徊的泪
溪流决定流向大海
一路上在回忆的风中水波不兴
你在一朝更一朝的光晖里
眷成晨露
凝结在花的心里
香透你们俩才知道的秘密

我的泪

我的泪　从你的心流入黑夜
月亮坐在透明的云朵上
如变得温柔、羞涩、文静的太阳
并将金黄的冠冕戴上
风和树叶轻声交谈着
如同初恋的情人
似有声　若无声

夜的泪　轻弹尘封的琴弦
轻弹杯盏清茶
轻弹茉莉花和稿纸，还有
最痛惜的爱
爱我晶莹的泪淹没的诗篇

待清晨临近，朝阳
明目张胆地把天际
敞开于梦醒的地方
趁着晨光渗出喜悦、羞怯的芬芳

从此以后，我不羁的泪
便自由地回眸
张开你自以为目标坚定的双翼
就在那被晨曦弥漫的双唇之间

爱着荒废

你的心紧握着我的手
眼神抚摸着我柔波的发
用夕阳下红裙的影子
浪费慌张的空白时光
沙漠荒凉了炙热的激情
平静让默默的萌芽不再平庸

我　愿

你若是那连绵的青山
我愿是那片片白云
将你拥抱
将你缠绕
将你偎依

你若是那泓浩的湖泊
我愿是那翩翩柳枝
将你抚慰
将你亲昵
将你守惜

你若是那靡霖的新雨
我愿是那轻轻春风
将你推诿
将你质疑
将你携行

我愿是斜阳下的一抹绯红
暖彻你的心扉
我愿是明眸里的一点泪滴
酸涩你的思念
我愿是皓齿旁的一句誓言
荡涤你的春天

不为,只为

我跋涉了千山万水
不为欣赏风景
只为热烈拥抱你的思念

我在佛前求了几万年
不为紧系姻缘
只为清算一切的孽缘

我辗转反侧不能入眠
不为把你思念
只为回味一丝情愫

我帮自己扣上枷锁
不为服刑负罪
只为将你拆下的瓦砾复原

我在镜前细心描眉
不为莺歌赴会
只为你不经意回眸粉饰我的娇颜

无法拒绝去爱你

我用漫天的繁星
去思念你手心的温度
直到
星星们一颗一颗疲惫地落幕
天际只剩下迎接黎明的黑
朝阳披着绣满玫瑰的轻纱
犹豫不决地推开蛊惑的云
捎给我一串神秘的字符
轻轻在我耳边说
这是解开你心锁的密码
从此
我就像无法拒绝孤寂的夜一样
无法拒绝去爱你

台风来袭

台风匆忙地向我们走来
窗内，局促着我和你
窗外的风景缓缓倒退着时空

我问你　我们去哪里
台风回答　不必介意
十字路口的拐角处
树与叶将要分手
你转向某一方，凝望那片
企盼台风将自己带到远方的落叶

台风来了
来到你我之间
一吻之隔

你隐瞒着千山万水
拐过街角
将我的背影遗忘在
台风吹起的那片落叶里
愿我们的分手
在来生不再被记起

年轻着老去

那一年
无边界的爱着　丢失了你
那一刻
时间凝固了我的
脑海与心河
年轮不再到我的纹理里嚣张
幼稚的欢笑不离不弃地装在
时光推不动的躯壳里
不敢将岁月苍老
唯恐回头遇见的那一刻突如其来
唯恐你认不出当年的傻妮
直到有一天
季候风找回了丢失一个世纪的你
时光便开始渐渐淡去
在温柔的百叶窗边数着你数不清的白发
陪着月光年轻着老去

春天的雨后

忘记你　与这一场
春天的雨后
忘记你　在伞花深处走失
如我噙泪的被淹没的杜鹃

如我的轻轻冷酷
轻易不拨动的那一根琴弦
如我的痴心迷惘
轻易不可倾诉的芳华

我启盼似蛹的生命线
在成蝶的一瞬间万变
痛成惊艳绝世的伦幻
如此循环反复千生千世间
慢慢地　慢慢地　慢慢地
忘记你　与这一场
春天的雨后

并排走

你和我
我们偶尔并排走着
春风来袭
似那年的一丝风
牵着恋人的手那么近
我俩漫步在风与风的对话里
肩头模糊得好似分离
但有千言万语借春风呼吸
我俩从房间出来许久了
因为有许多从何说起
那不是偶尔的相处营造的

风吹的歌抚摸着我的脸
盛开着迎春而艳的桃花
你的头发全然的稀疏
可那仿佛如一种记忆
时光无奈的痕迹
不再是似曾相识的小巷
熟悉的陌生人不要不睬不理
你和我并非都愿倾诉不易表的情绪
内心如潮地并排走着

或　许

或许
终有一日你将遇见我的心动
一同撒播的爱的种子
定有一颗骄傲地生长

或许
你仍无视我的心动
我因期盼而等待
一谷一物的收获

或许
你曾重视我的心动
这一眼重视一掠而过
我的痴情便印在了你的心头

情愫并非只用来暗自想念
期盼者的容颜
等待你成熟的一眸眷念

无所畏惧超越梦境与现实
用期待去等待
终有彩虹的一天

不系缰绳的白马

我那骏俏的白马
不愿轻系缰绳
天一亮
便奔向月牙泉边洗尘
戏水归来
抖动威风的鬃毛
晨光穿过每一颗从他身上
散开的水珠
晖映光滑结实的背脊
晨风落入了我的情网
于是
我骑上这神采奕奕的白马
不系缰绳
纵身而起
跃入鸣沙山上最火红的
太阳

深锁在秋的眉头里的春意

秋的眉头里深锁着春的愁绪
解开它
松绑他的桎梏
让春意流于双眸
双眉随之弯喜如新月
将你照亮
将你偷袭
释放深锁在秋的眉头里的春意

轻易背光

是谁点燃了月亮
随手熄灭了追随她的星光
是月亮把自身借来的光
撒向需要温柔的地方
星星为了与月亮相伴
不惜若隐若现

恋人双双沐浴着让人迷醉的月光
无法将身后的影子掩藏
影子越拖越长
如果不改变方向
影子便会任性地走到双双的前方
恋人一步步迈进自己的影子
将自我轻易迷失
轻易背光

第三辑　一网打尽

一网打尽

在月光的勾引下
一千零一个不眠之夜从五千年
历史的隙缝中逃出来
奔向我慵懒躯体里潮湿的心

和蔼的经书解读者
用欧洲和中国编织了哲学
抽象优美的线条
擎向天空
如此轻而易举地触摸了永恒

而我却在辛波斯卡、列鲁达和
泰戈尔之间摇摆
不知如何从莲花抵达莲藕
莲心才不会痛
不知怎样在黑暗中迎接春天
星星就不会熄灭

我走在宽窄之间的路上
思念千年后的爱人

用心网筛着过往的风
做一个含着蝴蝶的美梦
将庄子的思考一网打尽

安眠药

向半颗安眠药的乳白色
借一个秋夜的睡眠
却做了一场关于别人的梦
谁盗用了我梦的空间
无辜的安眠药并非自寻短见
秋夜自诩
从不与无眠交友
谁未经许可
闯入专为你预留的梦枕
安眠药装不下太多心事
秋夜的梦里欢唱的只有春天

悄悄的，茉莉花开

清晨
一簇五朵奶白的茉莉花苞
含着羞
在微风中沉香
香的深处还有香
太阳半山了，茉莉依旧保持沉默
藏着心事待放
夜幕为幽香而来
不知茉莉怕黑吗？
又没有等我！
茉莉笑开了花
绽放的一瞬间会是怎样的美
天黑了
夜静了
花开了
香飘了

初夏的暴雨

车辆不停穿梭于喧嚣的街道
这便是我久居的闹市
乌云乘风造访
你的情绪跟着不安而阴郁

街道的远方仍是街道
这些年来绣上了绿色的花边
三亲四戚迁到这里
在形形色色的楼房安自己的家
湿热的空气里
你的情绪跟着不安而阴郁

那不是你的街道
更不是你理想的家园
广场上画画的艺术家
收起了他的画架和碳条盒

初夏的暴雨打在楼顶上
被大风吹到广场上的也是初夏的暴雨
开着车看街心的雨生花
用凉透的心将车灯熄灭

苍生里

你便像你
一首比任何文字都
难以诠释的歌
你必定来自另类的部落
显然
假如你本起飞于枝头
而不是山沟
又假如你如穿山甲般
披着祖辈赋予的开山破土的盔甲而来

苍生的鞋柜里
摆满了各种款式的鞋
皮鞋、球鞋、雨鞋、凉鞋、
拖鞋……
各有各的用武之地
十分本分　等到被嫌弃
便成为一堆废品

你永远难以抉择
摆脱怨天尤人的侵蚀
其实　可以做个合群的物种
野狼、斑马、大象
抑或被风一起吹落的树叶中的
一片
是否，你
错生于被风霜打落在地的
濒危的鸟巢
所有的方向都是泥泞

一路上，苍生对你慈怀
幸福帮你谱写新生的篇章
你便像你
不为人知的离经叛道之歌
无以比拟的你

活

繁忙托起了活着
用追求生活去抛弃牵手
嘲笑着拥抱
背着父母，拖着孩子
趴在四角餐桌上
用诗歌蚕食经年的重重夜幕

针 尖

你的心眼儿的面积一定小于针尖
都很少针对我
为什么　站在你身边
就像站在针尖上
看得见的飘逸
看不见的钻心
于是　刀光剑影

旗　袍

一袭旗袍道出你
泛滥自恋的年代
残花已堆成了高山
早已失去爱的能力
婚礼进行曲响起
人们都刻意迟到
重拾一生的玫瑰
研磨脂粉
在镜子中自满

逃 离

有一种欲望叫逃离
逃离喧嚣
逃离熟悉
逃离沉寂
逃离痕迹
生活将你套牢
常常游离于
熟悉而陌生的面孔和声音外
内心另一片跌宕起伏
杳无踪影
残忍地泯灭自己的星星之火
用一点点高原之巅的积雪
复苏伤冻的心

醒

我轻蔑当醒倦醒的双眼
方此刻
灰色便深调起来
接近黑
傍晚没有夕阳的灰黑
到局促的车厢里
遇见第一曲的煽情

我也轻蔑当醒倦醒的大地
方此刻
天地间的幕布将要合闭
但万物的戏还得继续演
我痛心地最后一次回眸
悯我那颗历尽千帆
无法苏醒的沉醉的心

雨　巷

车窗外
下着车窗内伤心的雨
我不哭泣，是
不想乱了你自身难保的心
CD机竟然听命于沧浪的雨
唱起汪峰的《像个孩子》
雨水朦胧了车窗的眼
淹没了我的呼吸
逃出去
用伞与雨夜的对话
填满这条狭长而寂冷的雨巷

所　向

有人在摩天楼的玻璃幕墙里
被一层层迷恋所捆绑
指尖任性地触及风铃
新生从此唤醒

云朵翻腾如花
裙角飞舞轻车
心声亮过月光
高唱的断不止一首老歌

心　声

周末的深圳湾大街人头不止在攒动
时尚的裙角
青苹果的花容
绽放飞扬
街边的酒吧　门里有人
门外也有人
喧闹着男男女女的影子
人人都在与小桌对面的躯壳倾诉
空气中漂浮的全是此刻的真与假

经不起聊天后的空虚和不安
从胸膛迷朦到双眼
只浮现出从街头到街尾
灯光的一片片辉晕斑驳
许多人的心声在堆积着　越堆越高
高过路边大树的叶冠
青春照亮了夜空
新月靠近了心声

不曾似瀑布般哭泣

你不曾似瀑布般哭泣
去高悬的崖边
头顶的天比心更遥远
瀑布是天空流淌不尽的泪

眼前的空气在阳光的带领下
缓缓清新
径直上升到遥远的苍穹的心里
空气深处的呼吸饱含思忖
精神抖擞的太阳却准备歇息
一泽清幽的深潭
收集了天空与瀑布的一点一滴
在深潭水面上泛起
不曾用青纱遮掩的泪花四溅的风景

海天初胜

你在大海和蓝天上作画
赠送给那位最陌生的熟人
你热情地出发
你阳光地出发
露珠是三月的
迷雾也是三月的
海涛向希望奔腾
浪花为最爱的人绽放
一瞬间
竟如此击碎呵护大海的掌舵人
嗅着负离子伴着鱼腥味的海的呼吸
伫立在白白的沙滩上
想你

一伞孤寂

雨细腻安静地飘着
毛绒绒地落在山上
落在枯藤老树上
蜿蜒的山路被春雨滋润后
散发着泥土的清香
滋润着你枯萎的心
伞外有轻轻的雨声
伞内有我的呼吸声
路不知伸向何处是尽
任雨落到心头
将心中的尘埃一洗而净
只留下这一伞的雨
一伞的孤寂
谁能将这把伞撑起

遥 寄

一心想去
最遥远最陌生的地方猎奇
却总有一个理由、一个人
牵引你回到最初的出发地
曾经熟悉却恍若隔世的地方
所有的人心中都在问，为什么
为了味道？
为了距离？
为了眼神？
为了并不安的安宁！
你的家乡多了我
我的家乡添了你
叠加的复杂的喜悦
让淡淡的心素雅不起
拾起路边的一片银杏叶
不知是被哪里的风吹到这里

归　巢

蜿蜒曲折的盘山小路
诉说着满腹的惆怅
雾蒙蒙的
若隐若现的村庄指引着前行的方向
三三两两的喜鹊
在枝头最显眼的位置傲立
唱着欢快的歌
展示自己美丽的羽毛
沿路的小桥流水
分外娇俏
路到了尽头
小黄狗卖力地摇着尾巴
撒娇地绕着你转圈
湿滑的青石板延伸到门口
我轻快地跨过门槛
抬头看见燕子去年新筑的巢
巢还在
燕子却去了南方

客　家

枯藤老树从冬日里走来
历尽夏雨秋风
迎接羞涩的春露
土墙黑瓦边
依偎着念念不舍的丝瓜络
麻雀叽叽喳喳嘲笑着土狗
追逐自己的尾巴
天边斜挂的夕阳
攞着炊烟妖娆
草垛边的母鸡各自寻路回巢
转身映入眼帘的这片松林啊
何时开始成了我的家？

问 花

是谁触动了花儿的心
让花瓣儿携蒙蒙的细雨
洒落一地的温柔
深情地亲吻沧桑湿润的大地
乡土张开双臂紧紧拥抱
回归故里的你
花问心
雨问情
大地问，又要去哪里
门前树下有一片荫
让我歇息歇息
再回答你……

小镜子

小镜子与我一同踏上人生的旅途
他照漂亮了我
将阳光反射进我的心
我犹如呵护生命一般
将他捧在手心
迷恋、倾心

生肖念着易经走过了一个轮回
最害怕的却要让你面对
小镜子自己碎在了我的手心
因为他的品质不够坚硬
自恋而自伤于无形
他碎了的那一刻
我仍惯性的攒拽在手心里
没有雨霖铃
只有血淋淋
我痛
我不能再将你贴近
松手不是我愿意

是你用自我毁灭
来破译自己的幸与不幸

一个轮回了
为什么只看见镜子外
不属于自己的影
而感受不到握着自己的手心

小镜子碎了
我痛了
手松了
碎在心里
碎了一地的心思缜密
收拾收拾痛了痛的心
收拾收拾破碎的你
给你一个透明的玻璃瓶
不加盖
不蒙蔽
这个世界还在你的眼里
因为你没有心
有伤无痛是你的个性
别再想着我的手心
你会弄痛我
我要你不起

那深嵌肌肤的密密麻麻的小伤口
我自己会小心的舔舐
细心地打理

刚下了一场透彻的雨
我忘了去倾听
阶梯上的胭脂已被洗尽
一低头
突然发现小镜子的圆边
竟然给手心烙下了印

第四辑 穿行

穿　行

模糊的时间行走在清晰的时钟上
时间的步伐永远快于我的节奏
此时给彼时蒙上了一层薄薄的纱
彼此猜疑
昔时的夜总那么诱人沁脾的静
月亮光明正大地搂着我的肩
在沙漠漫步
温柔得今时都忐忑不已
轻轻的我拖着偏心的身影
不忍驱赶深情的软云般的悸动
羞于想你
涩于见你

季节与温度

温度在不断变化
不要轻易遁入异样的冷风里
季节在不停更迭
不要轻易再度
落入别人的风景中

不需要经过哪个时间的同意
花顺理成章的开了又谢了
重拾感官与文字的共鸣
倾听世界的多愁善感
努力陷入与她一起的沉思里

将孤独散布于森林的每一个角落
逃脱困顿良久的忧伤
看透新陈代谢的速度
还原日出日落的动态
柔弱　无奈地向自然妥协
远方　执着地去苦苦守候

释然一如从前的风景

更替永不轮回的季节
在即将告别的那一季
追寻这般温度的你

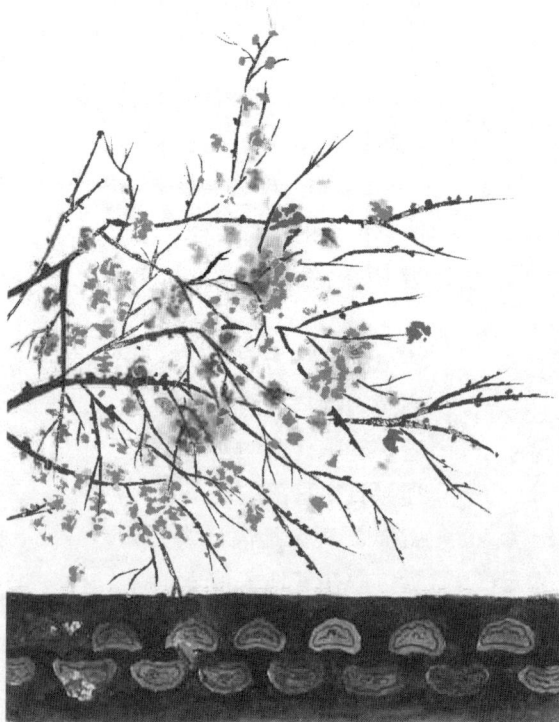

诗　意

用一夜之间丰腴满枝的花朵
给大地绘上彩衣
风雨的艺术天赋高于人类
这件彩衣浑然天成
充满无以雷同的诗意
把这一股羡慕的心潮
倾于画中
写入诗句

秋

秋风乍起
秋雨唱吟
秋霜披靡
两鬓遗

偷来的享受

风雨交加的心
从夕阳的余晖中偷来的享受
是独处
天特别容易黑
心会轻轻的碎
会盼望谁来抚肩
去轻松，不需要时间来懂
带着独处去相处
迎接一份寂宁
醉醉地沉入撕碎了的回忆
比沙漠还荒凉的
是内心无法到达的绿洲

飘于立夏的花

立夏的深夜不知道有没有风
只知道
勒杜鹃一树繁艳的花
一夜之间便由枝头
奔向大地
睡了一地，一地的措手不及
思念清净的枝头
亲吻大地
眷念枝头的光景

温　柔

暖春的细雨
飘着　软软的
浅浅地亲吻了我的肌肤

新晨的喜阳
笑着　懒懒的
浅浅地撩开了我的心房

湖面的迷雾
朦着　润润的
浅浅地浸透了我的思念

婆娑的垂柳
俯着　柔柔的
浅浅地招惹了我的神魂

软软的　懒懒的　润润的　柔柔的
春晨赋予我的　是如此
浅浅地……
她流落人间的　为何是
这般的温柔

遇　见

我曾遇见一层薄雾和一朵
若隐若现的花儿
它们给了尘世一个伊甸园
于是　我入园中
用嗅觉感受花儿的容颜
天空决定修整现在的苍茫
将花儿醒目地绣在自己的蓝天上

背

一颗心若痛得蹲下
谁又背得起这身柔弱的躯壳
谁又托得起那颗无奈才去坚强实沉的心
一路上撒落的放弃
铺天盖地
背脊扑朔迷离

静

静静的……静静的……
比婴儿的呼吸声
还要静
我懒懒地俯身在心爱的白马背上
俊俏地踢踏着将落未落的雪花儿
轻盈如虚幻的影子
本想，奔去高山远水
收拾遗留的梦
不想，却惊醒了
沉酣于睡梦中的你……

千里迢迢

四月
八角云亭挂上雨丝的帘
你不远千里而来
退下纤柔的羽衣
放开悠然的歌喉
日夜欢唱
芳浸魂，香弥土
飞翔，要向未知的更远方
不曾忘记，日夜兼程
是为了奔向那一颗
诡艳于收缩之间的心脏

秋　千

送你，我那清澈如泉的双眸吧
在我那柳条编织的九曲桥上
记得在清池最边缘分离
春燕再次搓合我们
这头是游人们，那头是香囊
谁都想梳理燕子的羽毛
而我们俩已在水面上
荡起了月亮送的青藤秋千

拾花儿

阳光不知何时已悄然归家
这一隅，这一刻
如此静悄悄
我微微扬起嘴角
面对寂静的夜空伸了个懒腰
深吸一口露水深重的空气
指尖却轻轻碰到无辜的枝桠
脆弱的花儿不堪这突如其来的一击
应声飘零而下……
本想拾起那朵水中鲜嫩的花
不想却撕裂了这满圆的月影

指尖溜走的青春

终有一天
你将失去曾经紧紧的拥抱
正如你终将失去那
曾经浓密乌黑的发
叹惜地整理着稀疏花白的过往

牵我的手吧
将明天的吻交给今晨
来日不再遗憾尖指溜走的青春

生 离

把你的时光写进我的故事
我的心便碎在了你的日子里
把你的眼泪流进我的心碎声里吧
去我们的乐园
叹息你遗失在我生命之外的春天
而我的春天终将长眠在你的记忆里

头 痛

头痛
是我身躯里最失控的毒素
如影随行
不知哪一刻
头痛就会不期与我对峙
欲裂
欲死
驱之不去

每一次的疼痛都如出一辙
唯有很久很久以前的那个
头痛到心痛的夜
你将刚剥下的橙子皮
放在我的枕边
而后悄悄掩门离去

夜没有睁开眼睛
只嗅到橙子皮的清新
只流下那串无法收藏的泪滴

被昨天抛弃
被今天想起
被明天追忆

尘·轮

点亮几根轮回的蜡烛
试着想点醒谁的灵魂
接着燃烬几盏前尘的灯
却意外燃灼了谁的枯等
浮云骑神马欢腾
唯留我在人世，用一帘心事
将幽梦萦萦
天涯住在心的尽头
让海角去守候不被腐蚀的欲望之城

腾　空

在菩萨面前跪着自省的蒲团
燃着默念的香
从前世的阿弥陀佛
到今生的菩提树下
拎着棋子在棋盘褴褛
看着不说话的棋子安静
思着不清楚的局相沉默
虚心的赣竹用叶低头
向深藏傲骨的花娘致敬
用来世能走的路前进
从回去的地方出来
恰似
雪山拥抱了太阳
风雨邂逅了骆驼的沙漠
谁患失谁的患得
随即
一吻慈悲封缄了冰川的嘴

龛

烛光里
有人影摇曳
佛前
有哭泣的玫瑰
半睁半闭的佛眼中
有凡心春水寒暄

情深缘浅

被青纱吻断的月影
要抚摸多少的思念
才能不心碎地渡过一春
这星光熠熠的穹顶
北斗之西便是圣土
即使梵音渗透青纱
缥缈的心意也重过这青纱
无论佛意如何绵绵
哪怕在莲花下梦游
纵使踏过千年万年
无处不在的菩萨
也不许你化缘

半思之差

半思之差便雪花纷飞
天寒地冻了
滴滴泪珠都牵动着
尊尊佛祖的心
一轮的旧事
锈得不能再锈了
却仍然波澜慌恐
我腾魂架梦的思着、想着
却无法拂袖而去
朦朦胧胧的误入雪花深处
那里竟然是蛊惑你的春天

花开一半

晨曦霭霭时花开一半
如临仙境
似有似无
似花似蕾
尔羡

艳阳高照时花开一半
恰沐峥嵘
揽天俯地
胜花胜蕾
吾妄

夕阳流连时花开一半
有若屏息
奢时求光
恋花眷蕾
众惶

佛门开一半
花开一世界

无　遗

春雨将惆怅洒落
留下满地似秋的叶
不忍心踏上去
怕踩出深埋的情绪
前仆后继
路边长椅上
依偎的痕迹依稀
背影带走了甜蜜
留下满目的苍夷

第五辑 人间最美是孤独

人间最美是孤独

昏暗、茶香、墨影、无序……
陶醉在孤独的清光里
世界依旧喧嚣
四壁内空无一人
无限的自由和快感
如星火袅袅冉冉

扔包，甩鞋
不自禁的颤音呐喊
舒畅和开怀
光着脚丫翩翩起舞
喜悦
在嗓子眼里痉挛
从心灵深处迸发
无需压抑、无需顾虑

踱步镜前
自言诳语
此刻
想干什么都可以

什么都不干也可以
想吃什么都可以
什么都不吃也可以
想穿什么都可以
什么都不穿也可以

随心让酷爱的音乐流淌
音量无忌
时间此时被无情抛弃
享受着短暂而真实无序的自由落体
松驰地回复人性的无知和本真
松散、慵懒、迷悦、无虑、无拘
无忧、无束、夯实、浅乐……

轻音乐弥漫四溢
深情地诵读着羞于面世的诗歌
感动自己、夸赞自己、怜悯自己
扪心地吟唱着碰触灵魂的歌曲
细细品味、慢慢发音
穿上皱巴的抚摸肌肤的宽衣
看陶醉星空的文字

是昼？是夜？
困了睡、饿了醒
太阳和星星相邀

第五辑 人间最美是孤独

却不敌这迷人的孤静
拉上世俗的幕布
一书一茶一清弦
人间最美是孤独

花　心

招集在花园招摇的露珠相聚
游说他们交出昨夜私藏的星星
这朵朵镶着露珠的花
都计划着开出千万个与众不同的春天
于是，帮临风起舞的牵牛花
收集小道消息
到夜色披靡时
大胆地偷了树上小鸟的睡眠
补尝以七彩的羽毛和
满天的星辰
其实，我辜负了夏荷
爱上了池塘边来自未来
根系另一个星球的红豆

清算辜负的初秋几叶

鸟语蝉鸣
怎敌
叶的宁静，雨的深沉
来得沁脾，去得惊神

冲动的雨滴
千里迢迢而至，不是为了伤秋叶的心
只是为了带走她灵魂深处的委屈
皆空的万象
却侵蚀着
忽而饱满、忽而无形、忽而孤独的躯壳

雨丝滂沱着秋，荡涤着叶
是痛
是幽
是伤
是凉
牵挂着秋的叶
只能扪心挥别向阳的枝头

奔向翘首企盼的尘埃
一瑟瑟的寒意
有意在你无意时袭来
缄默的秋风携怜悯之密函
宽谅雨滴的冲动
无法点清
无意拾捡
无心安放
无处匿藏

秋叶决定放过自己
不悲不思量
风
自会吹散一时云集的雨
静静倾听
窗外雨滴与秋叶私语
漫夜何以诉无梦
清算辜负的初秋几叶

你在，我不写诗

你在
空气都沸腾了
呼吸　嬉笑　浮夸
此起彼伏
你数落我的心声
我聆听你的鼾声
时间被快乐充盈
紫薇花上的露珠是甜的
心不去思考
故事没完没了
做梦的机会被笑掉
你在
我像首诗
流淌　欢快　遗忘
你在
我不写诗
细听　浅吟　清唱

我在爱你，永远

这是怎么了
有人听不见
有人看不清
有人头晕
突然想起
原来我是一位医者

仁心动了动
下雨了吗
哦
不
是
孩子哭了
我的心就碎了
天气也因此陡然由莫名的酷热
一夜之间寒风刺骨
不就是立个冬吗

一个纯洁善良的小女孩的哭声
痛彻了我的心扉
我说
好运会用微笑和宽谅
书写人生

蛹是忍着巨痛化成蝶的吧
冬风又把蛹轻讼
我珍惜你即将逝去的童年
希望你的童真弥留
我在爱你，永远

用无尽的爱来填写被你
掏空的心

你的眼神充满渴求
象太阳照料绿衣
我翻过一页
载满心碎的田字格
想在上面书写
我爱你

书包太重，箱子太沉
我却没有替你背起
因为你爱我胜过
我爱你

你突然用数落
我的小身板为由
拒绝我负重
严禁我忧心
无论何时
我也不能
如你般坚强

如你般关注我柔弱的心

我的清泉
我生命的延续
你如刻刀般
加深了我生命的烙印
不似我
像你

比起初生的太阳
我的辛勤又值几许
那么一颗如星光般璀璨的心

让我用钻石上的允诺
来答谢上帝赐予我的小生命
将心痛化为灰烬
用无尽的爱来填写
被你掏空的心

镜子里，看太阳从海边升起

为了遇见
云在我必经的路旁
傍着那棵桂树的沧桑驻足
给我一个
依山傍水四季如春的家

起居室梳妆台的镜子里
日日的清晨
看着太阳从海边升起

从这一秒开始
踏入现实的泥潭
煮饭，洗衣，生个孩子

从这一分开始
研究无碘盐和有机米
咸淡，庸雅，忧喜

从这一刻开始
写一首诗给孩子

让她感受我们的幸福

孩子的快乐
我会一直洋溢在春风拂过的眼
逢人便用俗媚地絮叨
来描绘她的举手投足

给她最喜爱的食物和宠物
冠一个最萌的乳名
喝多多，抱包包

惊蛰的清晨
掀开粉色小碎花的纱帘
坐在梳妆台前
在镜子里
看太阳从海边升起

新　生

你
迎着严冬的朝阳款款而来
北风
欢呼着
你来了，天
就亮了
大地都灿烂了

鲜活的生命带来无限生机
忐忑忧虑的心更加坚强

你莫名的惆怅
抚摸着欢庆的人群
时间为你凝固
心门为你开启

如何思念最爱的人

想见一个人
便入他的梦
让他带着梦境寻觅你

在您最俊朗的时刻
在我必经的路旁
似曾相识
蓦然回首
在红尘遗失一场梦

让我怎样遇见您
在您流历天堂的时刻
您走进我的残梦
容颜依旧
相思依旧
却不识凡尘真我
仿佛不仅只隔着一场梦
……

我未能留下您
在您最无助的时刻
您宠爱一生的女人
因为您的爱
如今空虚沧海轻渡
除了您的注视
任何事物都无法填充她的心

满头银发的背影佝偻着
夜幕下
伴着电视机的沙沙声
半梦半醒

虽然担心她着凉
却不忍心唤醒
也许
他们正在梦中相聚
……

叫我如何思念您
三月最爱的人

偷梦白海棠

头枕遗忘了季节的白海棠
侧依暖塌而眠
半撩纱帘，半掩心门
梦中吟唱的欢歌
醒后仍在栋梁萦绕
白海棠不忍又无奈地
回到冰土玉盆的家
不舍与之共枕的衣袂
那摇曳在花瓣上的露珠
便是缱绻缠绵的泪痕

偷来百合的点点白
就将自己的名字遗忘在了
我的梦里
借了玫瑰的缕缕魂
却是为了那个炙热的眼神

用胭脂清洗深秋阶梯上的影子
去放弃一次又一次盛开的机会
是冰雪招惹了寒露的澈魂

是白海棠在清淡到极致时
突兀而识玫瑰花的艳舞

忽问深秋捧来何方的白雪
雪渍又平添昨夜的宿痕

谜

我蕴藏在晶莹剔透的雨滴里
披着风，载着歌
坠落人间
迎面撞上了你的心
也许万里高空给了我力量
一不小心穿过了你怯懦的心
带着你的碎片流浪在欲望的人间里

我用一朵昙花来憧憬未来的温馨
再用一生的时间
不知疲倦地奔向你的浪漫

待我遗失勃勃的朝气流浪归来
人心已变了一个世纪
门前的小河
正算计着有多少水会流过
水也防备着
会被多少块河滩的顽石截流
这时我才突然想起
用遗失的借口补救破碎的心

最爱面子的人
常常会做了镜子的叛徒
公开的放纵，偷偷的自恋
忽而闯闯，忽而荡荡

你说
只有香艳的谎言才能补全残缺的心
于是
我在凡尘中穿越俗事
壮了壮胆，静静地向你走来
带着最精致的针线却不敢轻易伤心
每踏一步都留下一朵浮云
轻轻的，浅浅的，柔柔的……

在我还没读懂人心的气质时
春天已唱起辞幕的歌
那一片深嵌肌肤的碎片
突然让我感到钻心的痛
痛到清醒
许我化作一帘酥雨
肆意地纹在西湖水面
在春色深处与你相偎相依……

一扇窗

轻轻推开一扇窗
最刺眼的是那缕阳光
不要直视她
她会灼伤你的眼

缓缓俯身于那一扇窗
最和煦的仍是那缕阳光
不要与她对话
她不会回答

纵身跃过那一扇窗
沐浴的还是那阳光
不要梦想把她带回家
她只会让你牵挂

我的心中有一扇窗
你轻轻开启
我便不忍心关上
不忍那明媚的阳光徘徊在窗棂上

蝴蝶结

用薄薄的粉红的纱
掩饰那一个个深刻的伤
若隐若现
相惜得只有自己知道深浅
让湿漉漉的思绪
淹没梦醒前的踪迹
踢踏泥泞
趁着夜幕降临
在幕后躲藏着
把伤痕一条一条整理
用那薄薄的粉红的纱捆扎
系成童话里最浪漫的蝴蝶结
这厚重的礼物
意外出现在情人节暧昧的烛光里
透过高脚的红酒杯
它也有着煽情的魅力
比心更伤痛的眼眸
迷朦的醉漏花语
让你偷走花儿的心

捎上系着蝴蝶结的那条条痕迹
用初见的心情
去重逢
去呵护
去清醒

晨　光

清晨的一缕阳光
穿过碎花窗帘的缝隙
在床头印出一块光斑
象面小镜子在寻找喜爱它的主人
小鸟叽叽喳喳的在窗外挑衅
我刻意继续着将醒未醒的梦境
外面的世界与残梦一同演绎
不愿醒来
想把光斑移出去
起身披衣
撩拨窗帘
却被光灼了眼
不是光太亮
是原本的屋子太黑了
一转身
金灿灿的阳光已撒满了整个世界

牵着父亲的手散步

有人说
父亲是一座山
我说
父亲是自己的一种归属
父亲让我知道
我从哪里来
根在哪里
延伸了父亲的哪条脉络
我努力不用心写父亲
害怕只泣不文

脑海里的父亲
名字刚毅
其实有一颗比女性更脆弱的心
更需要理解和关心

得空了
牵着父亲的手散散步
你会发现
不知从哪天起

你要放慢脚步等等父亲

印象最深刻的
是小时候父亲帮我洗澡时唱的歌
是背古诗时我对父亲作弊成功的
那一份窃喜
是夜幕降临时
灯光下的背影
案头的书籍

父亲走了
我觉得自己是
世界上最孤独的一颗星星
这是一种魂魄的孤独
生物物种的孤独

牵着父亲的手散步
父亲苍桑顽固的心
会融化、会微笑
牵着父亲的手散步
自己躁动不安的心
会安宁、会安放

思念父亲的雨

雨，下着我对父亲的思念
打一把透明的伞
思念到被雨淋哭的屋檐
模糊着清晰的父亲

接着计划走进设计好的梦里
见一见
是否也随岁月继续苍老的父亲
是否仍是六年前沉睡不醒的双鬓

走进去，梦里却没有父亲、没有你
我将整个梦找醒
仍不见父亲的身影

雨，从梦外下到了梦里
淋湿了我的眼睛
淋湿了我的记忆

父亲，遗失在了梦中的雨里
梦被找醒了

我睁开被雨淋湿的眼睛
撑起一把透明的伞
走过被雨淋哭的屋檐
心中下着思念父亲的雨

漫天的花开

穿过一滴雨
望见
漫天的花开
蝴蝶和风惊艳地匍匐
恰似一滴雨

花上有雨
雨上有花

昨日
伴着夕阳西下粉红的玫瑰
本是含着苞的
今晨
她是在第几滴雨落下时开的
微绽稍卷的花瓣边
挂着欲坠的一滴雨
恋花的心，眷土的意

迎春而来了多少绿丝绦绦
多少姐妹满载着芬芳

拾起海王之后为我铸造的花剪
清去避花的羞草
让雨滴沾着花儿的光

蓝天是那硕大的会唱歌的花圃
包揽了其间所有待放和张扬的花
一雨之间
如此广阔、如此悠远、如此思迁
如此不顾一切的花开
开在南方甜香的气息里
……

穿过一滴雨
望见
漫天的花开

父与女

父亲，让
如一朵飞絮的女儿
有了诗歌的韵致
让如一粒微尘的女儿
踏上征程的向往
让如前世擦肩之人的女儿
成为今生的约定
父亲，使
女儿禁得起柔软事物的诱惑

父亲，与
女儿修行的路
不似行云流水地挥舞剑花
恰似一首有平有仄的绝句
优美着父女的意境
有致地起落

父亲，希望
女儿的红尘有雨
但细且不独行
遮挡风雨的伞
有夯实的手接替

带着一点血腥的爱恋

夜因冰冷的眼神而深蓝
酷醒了开始打盹的伤悲
那稳当当的心悸动了
由心底到心尖

星星数了数那数也数不清的脉搏
花瓣无声地敞开玫瑰的心扉
细听天使的呜咽
初夏最清凉的风
未经许可
亲吻了粉颊边最晶莹的泪滴

伸手扶起
低头晃了晃的那一朵
将她依靠在坚强一些的枝丫旁
那妖艳的刺本能的防备着
……

断了与花与刺的关系
吸吮着
带着一点血腥的爱恋
从夜幕
走入山脉尽头的月光

花 雨

我用汪洋的大海
深深地眷恋着你
我用巍峨的高山
坚定地期盼着你

一丝阳光，一丝慌张
一层秋霜，一层神伤

寒风吹过，凡花皆落
有人用飞花缝制香枕
有人用落花填满残坑
有人用火花燃尽落花

不能在镜子里
度过阴晴不定的冬
用爱去丧失恨的能力
不能因为模仿不了过去的自己
而畏罪自恋
让有爱的人在花雨中虚荣

栀子花

洁白的栀子花趁着夜色绽放
在枝头渐枯渐萎的花一定比叶难看
于是
我从梦里来到清晨
带走这深邃的幽香
一朵放在熟睡的宝宝枕边
一朵在鬓边流连
一朵由大海迈入蓝天

想你的诗

我的诗，不曾写在苍穹边
因为苍穹会为之哭泣

我的诗，不曾写在月光里
因为月光会泛起愁绪

我的诗，不曾写在麦地里
因为麦地会为之颤栗

我的诗更不曾写在心坎上
因为心坎会为之决堤

我的诗，只写在粉红的信笺上
封在蔚蓝的信封里
不曾邮寄
不曾开启

绽放的一瞬间会是怎样的美

——眉儿现代诗集《半卷帘翠》审美价值论

周思明

A

"想见一个人/便入他的梦/让他带着梦境寻觅你/在你最美丽的时刻/在他必经的路旁/似曾相识/蓦然回首/在红尘遗失一场梦/让我怎样遇见您/在您流历天堂的时刻/您走进我的残梦/容颜依旧/相思依旧/却不识凡尘真我/仿佛不仅只隔着一场梦/……我未能留下您/在您最无助的时刻/您宠爱一生的女人/因为您的爱/如今空虚沧海轻渡/除了您的注视/任何事物都无法填充她的心/满头银发的背影佝偻着/夜幕下/伴着电视机的沙沙声/半梦半醒/虽然担心她着凉/却不忍心唤醒/也许/他们正在梦中相聚……/叫我如何思念您/三月最爱的人"

——眉儿《如何思念最爱的人》

眉儿的现代诗集《半卷帘翠》中，有相当一部分可划归亲情诗的范畴。诗人写下了她心目中的家庭亲情，是诗人生命存在的基本形式，作为一个特定的文本生存空间，是诗人个体身体与灵魂的栖居地。诗人眉儿诠释于我们的是人伦亲情这种人类社会的基本关系，是保持社会和谐安定减少纷扰的重要精神力量。

作为一部看似寻常的现代诗集，《半卷帘翠》以诗化的形象语言，写出了自我作为一名当代中国普通人的浓浓亲情，体现出中国人那种普通人家中的父慈子孝、兄友弟恭、夫敬妇爱的人伦理想，并由此而形成爱国爱家的乡愁情结，忧国忧民的思想意识，以孝为本的伦理观念，礼乐相配的文化形态，以人为本的人文精神，这对培育中华民族独特的民族精神，构建鲜明的民族性格，以及民族的融合统一和社会的和谐稳定起到了无可替代的诗教作用。眉儿的现代诗集《半卷帘翠》，让笔者读出了中国文化传统的影子。

秉承我们民族的亲情传统，眉儿将感情注入自己的诗歌文本，读之使人由文知理、自情省德。以诗为媒，以律为音，在诗人的人生长河中，不灭不没，悠悠流长。

综观眉儿的亲情诗作，笔者难禁于赞赏之余而多生感怀：或激情澎湃，或温情荡漾，或悲情凄切。每到动情之处，常感慨涕泣，心情久久不能平息。

眉儿的亲情诗不仅抒写稳健自然，且颇有个性色彩，其情感的广阔、深邃、真挚可谓鲜明。这一特色的形成，一方面是因为诗人深受儒家文化尤其是儒家传统伦理道德观的影响；另一方面，我想也与其移民的漂泊人生经历和具体的人生阅历有关。

B

"清晨/一簇五朵奶白的茉莉花苞/含着羞/在微风中沉香/香的深处还有香/太阳半山了，茉莉依旧保持沉默/藏着心事待放/夜幕为幽香而来/不知茉莉怕黑吗？/又没有等我！/茉莉笑开了花/绽放的一瞬间会是怎样的美/天黑了/夜静了/花开了香飘了"

——眉儿《悄悄的，茉莉花开》

眉儿的现代诗集《半卷帘翠》中，也有相当一部分可划归山水诗的范畴。虽不能说尽善尽美、白璧无瑕，但也从诗人个体的角度，为新世纪诗坛献上了一阕质地不错的时代乐章，可以说是深圳文坛上值得欣赏的山水诗佳作。

眉儿的山水诗，与陶渊明的田园诗传统既有精神上的联系，也与其有着不同的自我个性。是诗人所着力表达的人与自然的沟通与和谐的诚意和诗情，表征着一种新时代自然审美观念和审美趣味。

相信在她的诗歌的影响下，会促使读者大众更加追求宁静闲逸的生活，更加喜欢山水、花鸟、虫鱼，而不是蒙昧时代人们所追求的简单物质享受而罔顾自然万物的健康生态优和安危。

吟读眉儿的山水诗，让笔者很自然地联想到唐代诗人"美在自美"的生态美学观念。的确，在人与自然的交流过程中，山水田园与人同样是主体，一方面是自然的美激发了诗人的审美情致；另一方面，诗人们同样在自然之中感受美，参悟生命的真谛，与自然和谐共处。

诗人用她的生命体验和诗歌告诉我们，人与自然产生了严重的分裂与冲突，两者间的关系亟需进行审美层面的弥合与修复。而诗人在其作品里面表现出来的人文诉求与自由向往，无疑会使人与自然之间的关系得到调整，期待进入人与山水相融合的美好境界。

在眉儿的山水花卉吟咏诗作中，自然、山水成为诗人的生命依托和精神源泉，诗人在表现自我走向山水的过程中，无形中在呼唤人与自然的沟通与和解，而在诗人与自然的文化交流之中，自然也逐渐变得人道化，人格化了。这就是马

评论

克思所说的"自然的人化",或"人化的自然。"

C

"一棵树眼里的世界/一棵树眼里的世界/一棵树的泪眼里
的世界/一双明亮的泪眼/心怀梦想的泪眼/游走在城市的街头
巷尾/枯叶在春天里飞舞着/马路两旁的树/要遥望多少个春秋/
才能相拥缠绵/春风送暖/夏雨润颜/用生命力来拉近这世界上
最远的距离/去年,努力借暮春的风擦肩/今年,在初夏的第一
次握手/让树梢感动得泪眼低垂/你可知那根系早已交汇大树因
为嗅到了彼此的呼吸/而将/用根系崩裂大地的野心销毁"

——眉儿《一棵树眼里的世界》

眉儿的现代诗集《半卷帘翠》中,有相当一部分属于哲
理诗。

与中外经典哲理诗在精神文化上一脉相承,眉儿诗集
中的哲理诗,有着生动的意象,含蓄而不露理。她的此类诗
作,较为自然地赓续了从无意象到有意象的心路历程。这对诗
人来说,无疑是一次艰难的挑战与质量的提拔。

眉儿的哲理诗具备一个鲜明的特点,即从"静"的物象
写出"动"的思想(其山水诗亦有此特点),表现了诗人对周
围的人、情、物、态的浓厚人文关怀。

从她的此类作品中,处处可让笔者感受到诗人对生活动
态的关注和对美好未来的心仪。它们往往从一种人们熟视无睹
的小事物、小景象中反映出较大的主题,所谓以小见大,因而
其美学价值已然超越文学,而进入社会学、人类学范畴。

当然,她这本诗集中有的哲理诗,既不表现惊心动魄的

情感，也不表达深不可测的哲理，有的只是表达一种生活情趣，只是给人们一种美感享受而已。

尽管眉儿的某些哲理诗尚有着"诠释生活"的痕迹，但总体观已然写得比较娴熟和自如，其中一些诗作可堪谓之佳作。

D

"你和我/我们偶尔并排走着/春风来袭/似那年的一丝风/牵着恋人的手那么近/我俩漫步在风与风的对话里/肩头模糊得好似分离/但有千言万语借春风呼吸/我俩从房间出来许久了/因为有许多从何说起/那不是偶尔的相处营造的/风吹的歌抚摸着我的脸/盛开着迎春而艳的桃花/你的头发全然稀疏/可那仿佛如一种记忆/时光无奈的痕迹/不再是似曾相识的小巷

熟悉的陌生人不要不睬不理/你和我并非都愿倾诉不易表达的情绪/内心如潮地并排走着"

——眉儿《并排走》

眉儿的现代诗集《半卷帘翠》，并不拘泥于亲情诗、山水诗、哲理诗这三个板块，还有其它方面题材的诗作,限于篇幅，恕不一一赘述。

总体上说，她的诗作几乎就是美的化身，它们所蕴藉与彰显的意境美、音乐美、情感美都能唤起读者的审美情感，所展现的美乃是通过作者自我的审美实践、审美劳作得来的，所以读来会让人觉得入骨入心，其审美意识由此得到强化。

诗歌是一种高雅的文学艺术，它比别类文学更谨严、更

评论

纯粹、更精致。

诗性智慧是一种以想象为形式的创造性思维，其形式是想象，而其结果则是创造。眉儿诗歌中的意象，无论是写人情世故，还是状湖光山色，抑或是其它题材建构，呈现的都是俗世中人的感官经验和心理感受，是对人类五种感官所领受到的外界人、事、物等等内容的诗意描述，她的作品以形象战胜抽象的方式，强化语符自身的信息刺激，使之成为一种具有审美情感唤起能力的媒介物质，诱导读者展开想象，以把握可感性语词所代表的象征隐喻世界。

周思明，中国文艺评论家协会会员，广东省作家协会文学评论委员会委员，深圳市文艺评论家协会副主席。

后　记

　　《半卷帘翠》是我的第一部诗集，共收纳近年来创作的诗歌113首。这部诗集从酝酿到问世，历时春夏秋冬整整一年。她能在生如夏花之绚烂的季节与广大读者见面，自己的兴奋之情溢于言表。

　　诗歌是文学女神桂冠上的璀璨明珠，也是我最亲密的精神伴侣，她伴随我从幼年到成年，从冬天到春天。我热爱诗歌，爱她启迪我的心灵，爱她洗却我的铅华，爱她纯净我的灵魂。每一首诗便是每一个不同的我，千千万万首诗塑造着更加丰富多彩的我。写诗的时刻，我的内心与周围世界永远都是春天。

　　感谢著名诗人李寂荡老师为诗集写序，温婉梳理出我在诗歌道路上的困惑和方向，对我重情轻义的缺陷予以剖析，为我内心说不清道不明的障碍理清头绪。此序将作为我的诗路指南，当倍加珍惜。在此对李老师深表谢意。

　　著名文艺评论家周思明老师不吝笔墨，对我的诗集进行全面点评，深度剖析，把持着诗歌脉搏，解读背后的人生哲思，让我对诗歌持续充满想象和热情，给我温暖刚劲的鼓励。甚幸甚谢！

　　还当感谢《山花》杂志和贵州人民出版社的工作人员，为诗集的设计和编排倾注心血，使我的处女诗集如此

后记

159

精致唯美。

特别鸣谢清霞小妹为诗集精彩配图，甚解吾意。

得诸位师友之助，成此小书，初绽花容，青涩堪重，技巧轻浊。吾自当不负重望，感念师恩，谨记师训，遵循吾心，创作出更多动人心弦的诗歌。

在春意昂然的诗歌世界，我们一路同行。

二零一八年六月二十六日于深圳